오후 세 시의 주방 편지

시로여는세상 기획시선 008

오후 세 시의 주방 편지

ⓒ2015 윤관영

초판 발행   2015년 6월 20일
초판 2쇄   2015년 12월 5일
지은이   윤관영
펴낸이   김병옥

등록일   2002년 1월 3일
등록번호   서초 바 00110호
주소   06583 서울시 서초구 사평대로6길 113, 101호(방배동 상지)
편집실   03157 서울시 종로구 종로 19(종로1가) 르메이에르 B동 723호
전화   02)394-3999
이메일   2002poem@hanmail.net
블로그   http//blog.daum.net/2002poem

편집 미술   김연숙
제작 공급   토담미디어 02)2271-3335

ISBN 979-89-93541-37-3 03810

시로여는세상 기획시선 008

오후 세 시의 주방 편지

윤관영 시집

시로여는세상

시인의 말

갈고 또 간다고 해서 도끼가 검이 되지는 않는다.
도끼는 무게가 생명, 도끼의 날을 가는 것은 정작 장작이다.
내가 도끼인 줄 이즈막 알아먹었다.
'무식한 새끼!'
내가 내게 하는 말이다.
'그래, 무식도 개성이다!'

내 시에 도끼 같은 한 방이 있었으면 좋겠다.
도끼는 자루가 생명,
육수 냄새가 밴 반들반들한 자루
누군가 내 도끼에서 육수 냄새를 맡았으면 좋겠다.

(시는 발표 역순이다.)

— 望遠洞 父子부대찌개에서

오후 세 시의 주방 편지

차례

제1부

사내

사내는 고독했다 예의적으로
고독했다

맞대면할 틈이 없었으므로 심정적으로 고독했다 잠이
좋은 육체는 세입자 쫓아내듯 고독을 몰아냈다 한가와
권태를 모르는 지독한 사내였다

가로수가 모든 풍우를, 매연을 고스란히 받듯 사내는
움직일 줄 몰랐다 모든 고독이 직방으로 왔다 고독은 월
세처럼 왔다 고독을 대면할 시공이 없는 자의 절망적 고
독,

그 절망 앞에선 고독도 피해갔다 소란의 중심에 있는
사내, 고독마저 친절하게 만들었다 간장게장 같은 가슴
에,

붉은 손등의 사내, 고단한 몸에는 고독이 들지 않았다
〈

죽음을 살면 고독은 틈이 없었다 고독이 잠잠하자 낭
만도 잠잠해졌다, 뜬금없이

사내는 칼을 갈곤 했다 게장 가슴을 열듯이

밥에 뜸이 드는 시간이면

괜히 뻘쭘해지면 주방으로 간다

바람이 병풍 문을 흔들어 대면 채 썰어 묵밥을 한다 앞니로 끊어 먹는다 햇살이 하도나 밝아 묵은 차양의 때마저 환하면 콩나물을 무쳐 막걸릿잔을 든다

이게 다 날씨 탓! 주방의 나도 사는 꾀 하나는 있어야 해서, 눈발 날리는 날, 눈발도 고조곤히 못 앉아 있는 날림일 때 돼지 껍데기를 볶아, 볶아도 맵게 볶아 소주를 붓는다 손에 닿는 곳에 있어야 친구고, 그래서 소주는 이미 근친 당신 탓은 아니고 비 오는 날엔 손님도 뜸하고 생각은 더 나고 그래서 자동으로 주방에 들어 괜히 준비해두었던, 올갱이국을 끓이고 그럴 땐 아욱을 넣는 사치마저 벌이고, 이땐 동동주가 좋고 이게 다 날씨 탓 내 몸 탓 이런 사치마저 없으면 어떻게 주방의 시절을 견디나,

주방 덕에 밝아진 귀는 고양이 발소리마저 밟아서는 안주를 덜어 쪽문으로 간다 주방 쪽문은 내가 세상을 내다보고 누군가를 기다리던 그 자리

괜한 자리,

뻘짓하는 그 자리

집밥

한잔하러 들어서다, 주방 식구들이 밥 먹는 거 보면 그
상에 앉고 싶어진다 음식을 다루던 사람들이 음식에 지
쳐 먹는, 안 차리고 대충 먹는 그 대중없는 밥, 그 대궁
밥 묵은 밥

흐린 주방의 저 이는 식전이거나 뜨다 말았겠지만 두
세 두세 나누는 그 수저질에 끼고 싶다 그래야, 진상 손
님 축에나 들겠지만 좀 대중없는 듯한, 것에 눈 가는 건
어쩔 수 없는 일 식은 밥처럼 아픈 것은 없는 것,

  손은 쥔이 뭘 좀 먹으려면 들이닥친다

  손은 손을 먹는다

父子부대찌개

할머니가 돌아, 가셨다
대빗자루가 문 앞에 세워졌다

심장이 꿀떡꿀떡 뛰던 父子였다
소시지 썰면서,
얇게 써는 子
길게 써는 父

할머니 가신 후, 손바닥으로 도마를 쓸었다
모심은 논에서 알밤을 옮기는 것처럼

떡국떡국, 뜸부기 같은 가슴이 뛰는 부자였다

할머니 돌아가신 후, 부자는
떡국처럼
떡국처럼

도마를 훔쳤다 대빗자루를 들었다
떡국처럼

김의 끝에 가닿다

접대도 어렵고 대접도 어렵다

집어넣는 것, 어렵다 … 지만

아무것도 안 넣는다면? 백비탕!

그 시간?

그 불 조절?

그 안절부절 수증기?

茶에서 물맛 같은

종내, 바탕?

마음 졸이는 그 시간, 탕이 졸겠다 白飛다
〈

두려운, 입들

대접이나 접대나

어이

감자를 깎고 있었다
조림할 참이었다
수저통만 한 똥이 나와 바지가 흘러내렸다
차양을 치기 전, 이른 아침이었다
어정칠월 받아드니
아기가 목과 등 뒤에
흙을 바른 채 기왓장을 업고 있었다
이마를 짚으니
목 부분이, 금이 가면서 깨져 내렸다
아이가 울지 않았다 베인 것처럼 겁이 났다
차양 밑으로 사선의 볕이 들어오고 있었다
똥은, 아이가 왜
의문을 잡고 있었는데,
박피기를 쥐고 있었다
울음이 없어서 방향을 잡지 못했다
쟁반을 엎은 것처럼 허탈한 허기가 졌다
기왓장에 붙은 흙을 떼어먹었다
눈썹이 풀 바른 듯 딱딱해졌다

감자는 잘라, 조림 불 위였는데
졸인 간장 같은 입술
익은 꽈리고추를 씹었는데,
터진 미더덕처럼 입천장이 벗겨져 내리고 있었다

맛은 어디?

손국수와 기계 국수가 다르듯 그래서 수타를 찾듯

넌, 내 손을 타서 수타 아니 수자, 아니 수작

믹서기에 가는 것과 절구에 짓찧는 맛이 다르니
대저 손의 수고를 넘어선 잔인에서, 맛은 나온다

물에 사람을 끓여 죽이면서 쉬이 죽는다고 찬물을 부
어가며 불 조절까지 한 분이 계시니 잔인이 혀를 깨운다

짓찧는 손이 맵다 갈아 마신다는 말은 무섭지 않다 대
저 입맛은 어디에?

수작 부리지 마, 란 말이 있다 길게 맵다

쁘띠, 하고 말하면 웃음이

그 말을 경멸한 적 있다.

부르주아 앞에 붙여 썼는데, 요샌 좋다

기득권의 포기가 강권된 때, 졸업을 포기했다

간신한 수료인 셈인데, 박사보다 좋은 게 밥사란다

밥 파는 놈이 되었기에 망정이다

옆 미용실 원장은 쁘띠 같은 분

밥사보다 나은 게 봉사라니까

경멸해도 쁘띠 부르주아가 되었으면 좋겠다

쁘띠, 쁘띠, 쁘띠

밥사 주는 쁘띠가 되어야지

재활용을 내어다 놓는다 내다 놓은 것은 빈 것

올려다보아야 가로수다

봉사보다 나은 게 감사란다

(요사이 뜨는 분은 웃자란다)

웃자 웃자자(곱빼기다), 기지개를 켜본다

공무원이 대세라 주사를 치지만

술사가 땡긴다 가로수 한 번 올려다본다

〈

한 박자 쉬는, 한잔 좋습니다

쁘띠 술사의 말씀입니다 절로 웃어진다

쁘띠 쁘띠 쁘띠~

죽음도 영계가 좋다

폐계는 압력솥에 질리게 삶아도 질기다

냉동 간 마늘은 녹여 쓰고는 재차 얼리지 않는다 냉동
엔 두 번이 없다

냉동 분쇄육을 녹이면 생전의 상태가 보인다 영계는
자라기 전이다

요절은 도화 빛, 육질이 환하다 죽음은 모든 색의 모
음, 검은색은 없다 녹여 쓰는 중인 분쇄육이 점점 색을
버려 먼짓빛에 가까워지고 있다

영계백숙은 젓가락으로 쥐기만 해도 다리뼈가 빠지고
허리가 분질러진다

토막 내는 칼 다짐 사이로 김광석의 목소리가 칼칼하
게 해동되고 있다

음식은 죽음을 가린 화장술이다

목소리엔 고기의 상태가 들어 있다

빠져나간 소리는 즉시 포획되어 재차 냉동된다 냉동
무한이다

장화, 실색하다

팬티 색깔에 맞추어 신을 신는 여자가 있었어어, … 그런 여자가 노팬티인 날은 무슨 신을 신게에? 오오빠!

…… 사알색? 했다가, 시인이라는 사람의 상상력이 그것밖에 안 되느냐 싸잡아 당한 적 있다 답은 털신, 실색했다

물은 피해야겠고 장화는 무겁고, 주방 큰이모는 털신을 신는다 뒤축의 털이 다 빠져 고무다 색은 몰라도 털은 털신 같을 게다 그것밖에 안 된다

어머니의 털신은 연장과 같이 모셔져 있다 풍란은 왜 신발장 위에서 피었을까 때가 되어야 쓸 털신, 신발장 안에 있어도 먼지에 덮여 있다 그것밖에 안 되어서, 털신에서 나온 녀석이니 털신을 털모자처럼 여겨야 하고, 발의 문수처럼 털신을 잘 모셔야 한다는, 구겨 신으면 오징어 냄새가 배어 실색한다는,

빨면 목욕한 강아지 눈 같은 털신, 마루 밑 댓돌 옆이 제자리다

난 장화를 신는다 장화는?

냉국에 헤엄치는 여름

우려낸 다시마를 만지면
돌고래 등껍질을 만지는 듯하다
다시마튀각은 깨진다 찡긴다
미역만 보면 괜히 눈시울,
미역국만 보면 마음이 뿌예진다
밥알을 말아서 입술로 먹으면
왠지 미안하고 괜스레 고맙다
미역을 그냥 잘게 잘라서 맨물에
오이채에 맨 소금 간,
싱거우니, 그래서 식염 식초
그거 좋다, 암 것도 안 들어간 투명이 좋다
미역은 또 물과 어울려 노니, 맑아
이때는 업소용 레시피도 용서 된다
바다 소식 바다 소식 바다 소식
미끌거리는 미역과 사각거리는 오이와
찡기는 밥알이면 소식도 좋다
다시마야 제 물을 다 뺐으니 불어 미끌거리는 것
입천장에 붙어도 이쁜 미역

신맛마저 맑은 냉국

미역만 보면 몸도 마음도, 떡 감듯
해산한 듯, 다, 풀린다

사단 후에 오는 것들

대중없는 거, 눈치채고는 있었다
배추를 네 망이나 사오고는 질겁했다
헤실바실 겉잎을 뜯어내다가는
이제사 요리사가 되었지 싶었다
김치 담글 일이 벌겋다 못해 간장 같은데
아깝다,
죄 모아가지고는 삶아서는 물 뺐다
쇠죽 냄새가 나는 그것을, 들쩍지근한 배춧잎 삶은 물을
산삼 우린 물인 양 들이켜고 싶었다
이즈막 사람 새끼가 된 것도 같고
우거지 맘이라는 걸 알 듯도 싶고

— 삶은 우거지는 얼려 두었다
김치는 못 되는 겉잎의 이 쓸모, 세상은
대중없는, 대중할 수 없는 우거지 단이라는 게 있어서
눈썹마저 웃게 한다

항문과 학문은 서술어가 같다

키친 휴지를 들고는 화장실에 다녀왔습니다

언제 적인가, 하루 일을 마치고는 몸을 못 이겨, 주저 앉아 오줌을 눈 적이 있습니다 엉덩이가 그렇게 시원했던 적이 없었지요 왕겨 꽃을 매단 옥수숫대 너머론 일몰이 깔리고 있었고요 닳은 물풍선 터지듯 흐른 오줌이 흙을 움켜쥔 옥수수 뿌리께로 갔는지는 모르겠지만 앉은 눈에 뿌리의 힘줄이 보였더랬습니다

항문에 힘쓰고 항문을 닦았습니다만 학문을 열지는 못했네요 누이

허벅지에 힘을 뺀다는 거, 쉽지 않은 일이네요 키친 휴지를 들고는 뒷물하고 왔습니다 뒤집힌 닭똥집 같은 엉덩이가 아직은 쓸 만하답니다

세상을 향한 정면 승부는 이처럼 뒤가 문제, 이즈막 살아갈 수도 있을 것 같습니다 이 세상을 사랑할 수도 있을 것 같습니다 세상은 내가 등을 돌려도 정면에 있던 걸, 누이 눈빛으로 알았네요

제 걱정일랑 마세요 누이, 부엌의 마음을 알 듯도 한 오후 … 또 …

오빠, 믿지?

한 일이라곤 꽃 죽인일밖에 없다

받은 꽃은 거지반 죽였다

꽃 받을 때야 코 박고 좋아했지만 요사이 겁난다

꽃을 그늘에 두어 두루 죽이고는 음지식물을 좋아한다

좀 무책임해도 되는 꽃, 무관심해도 살아남는 꽃

그런 걸 좋아한다

군자란과 양란을 내놓았더니

누군가 가져가서 차마 고마웠다

죽인 화분을 폐기하고

퇴비가 낙숫물에 떠오르거나 하는

한심에서 벗어나고 싶었다

무책임한 꽃이 좋다

제가 알아서 크고, 피고 지는 그런 꽃

연민을 안 가져도 좋은 꽃

좋아하는 꽃은 나무, 나무 중엔 가로수

간판을 가려서 그렇지 쓰다듬게 고맙다

양귀비가 이쁜 것도

저, 스스로 피고 지니까 그런 것

〈
꽃이야 코를 들이댈 때, 그때뿐
차라리 사라져주라
응?

맨물의 자리

육수 물을 올려놓고는 인터넷을 했소

맨물이 반나마 줄어 있었소 맨물은 어디로 갔을 것 같
소? 하늘에도 맨물의 자리가 있겠소? 맨물과 맹물은 어
떻게 다르오? 남아 있는 물은 또 뭐요? 맞소 난 맹물 같
은 놈이오, 맹물도 오래 끓이면 달라지는 것이오? 들통
에 붙어 안간힘 쓰는 저 기포처럼 나도 안달하고 있소
무선 마우스의 끈을 잡고 거미줄 치는 중이오 손님 몰
이, 그렇소 난 싱거운 놈이오 아직 간이 안 된 놈이오 덜
된 놈이 아니오, 숫된 놈이오 무미인이오 끓이고 끓여도
다만 날 줄일 뿐인 독해지지 못하는 맹탕이란 말이오 그
렇다고 일방 물로 보지는 마시오, 맹탕에서 육수가 나오
는 거지, 육수에서 육수가 나오겠소 그러니까, 난 맹물
을 올려놓고 일 좀 봤소 당신 소식이 좀 궁금했소 냄새
도 없는 그것이 김마저 맨해서 그랬소
너무 닦아 세우지 마시오 달리 내가 맨놈 소리 듣것소

육수가 쉬어터지는 성하요 성할 때 된통 끓여 두어야
하오

이즈막, 물 들다

이즈막 밥 버리면서, 사람이 되어간다

체에 쳐야 한다 비늘이 떨어지게, 멸치는

찢어서 손톱으로 밀자 떨어지는 강낭콩, 손톱 밑살에
물든다

기름을 두르지 않은 채 볶아 군내를 뺀다

익으면서 쌀은 초록 물이 든다, 혈안이 뜸이 들면서 벽
안이 되어간다

손톱눈이 하얘지고 등짝이 주걱처럼 오므라든다

굵은 소금을 반 주먹 넣고 나물을 삶는다 압력밥솥에
김이 빠지듯,

가슴에서 폭죽처럼 터지던 꽃들이 잠잠해진다

〈

밥을 푸다 보면, 자못 사람이 되어가는 듯하다

쑥 먹고 사람 된 곰이 이해가 되어진다 맛맛으로

자꾸만 밥을 푸다 보면 구메구메

밥 김 속의 내가 사람이 된 것만 같다

비늘이 빠진 듯 소금 맞은 듯 눈에 강낭콩이 박힌 듯

나물 사람이 되어가는 듯하다

제2부

물의 혈을 짚다

육수는 맛의 시작,
맛을 내는 것 잡내를 잡는 것

버려진 문갑의 등짝엔
주먹만 한 구멍이 있는데

술을 넣고, 가죽나무도 넣고
파도 넣고, 양파도 넣고, 무도 넣고

숨통을 트는데
길을 내는데

다시마도 넣고, 황태 머리도 넣고, 넣고 넣어
끓이고 끓인다만 침을 놓는 것인데,

새 구이 맛은 날갯짓 때문
살 없는 살 때문
〈

달군 쇠 봉을 육수에 담가,
잡내를 태운다는 것인데

급소가 없는 물이지만
이 쇠 봉이 육수를 잡아채 환골탈태시킨다는 것인데

맛을 내는 것보다
맛을 없애야 하는데

침 맞은 육수는 정사 후의 나른함처럼
힘 뺀 맛을 보여준다는데—

어두워야 깊다

간장은 끓어도 기포가 보이지 않는다
물안개 같은 김이 오를 뿐,
끓는 것이 아니라 꿈틀거린다

간장과 물의 비율이 반반일 때
물 대신 육수를,

반반이라도 간장은 … 어둡다
그 어둠이 속으로 속으로 스민다

간장이 끓으면서 끌어안은 설탕
식으면서 끌어안은 식초

맛은 종합이다 4분된 양파에
이쑤시개 침 맞은 고추에
이 종합은 스며든다

이 重水,

〈
달여지는 간장이 순간 무섭다
잔인하지만 수장된, 순장된 양파는
자꾸 뒤집어주어야 한다, 뭔가

꿈틀거린다

밥에는 색이 있다

물드는 것처럼 무서운 게 없다
김칫국물, 스며버린다
희미해질 뿐 안 지워진다
나갔던 김치에 국물을 붓고
새 걸 얹어도 층이 진다
밥물이라는 게 있다
밥은 색을 넘어 어떤 기운까지 빨아들인다
숟갈 젓가락을 넘어
입술지문까지 묻어난다
나갔던 밥에 밥을 얹으면
공구리 친 것 같다고 충고하는 친구가 있다
밥에는 마음이라는 게 있다
덜어 먹는 마음,
'손대지 않은 거거든요' 설명하는 마음
물들지 않은 밥은 못 버리겠는 마음이 있다
밥풀 때만큼은 착해지는 손이 있다
밥장사하는 마누라 밥 버리게 하는데, 십 년이 걸렸다고
흥분하는 친구가 있다

그 진심을 듣고도 밥을 못 버리는
엉거주춤한 마음이 있다
버리고 우는 마음이 있다

돌아온 밥공기를 보면
사람들이 보인다
그 사람이 보인다

나이에는 테가 있다

무맛을 아는 나이가 있다
아려도 생무가 좋은 나이
무 냄새가 좋은 나이

조림 무를 넘어, 무말랭이를 넘어
무청 김치맛을 아는 나이가 있다

장다리꽃 게을리 흔들리는
나비춤 지나,
양분은 꽃대에게 준,
말라붙은 물기 지나

무맛이 배보다 좋다는 그 거짓말을 이해하는 나이가
있다
　무라 이름한 그 물통, 그 자리
　맨대가리 잘린 무가 내어놓은
　무청이 시래기가 되는 그 자리
　〈

무도 제대로 여문 것은 제 몸이 터진다
무청 잡힌 알무에 가슴패기를 맞아 吐血하고픈
무 속 같은 몸이고픈 저물녘이 있었다

나이 맛을 아는 나이가 있다
흙내가 좋은, 제물에
흙 맛을 아는 나이가 있다
바람 맛을 아는 무청 같은

귀, 세상을 맛보다

이를테면 고수의 흐리기 그런 거다 맛은 입맛, 입에 따라 다 다르다지만 맛은 있다 입맛대로지만 입맛을 넘는 맛이 있다 웃겠지만 귀 맛이라는 게 있다 손맛, 그러니까 손맛 이전이다 전표를 보기도 전에 외쳐지는 것에 이미 손 가는 손맛,

이전에 귀다 보기 전에 듣기다 끓어 넘치기 전에 소리 나기 전에 아는 게 또 코다 코 맛은 없지만 있다 이를테면 섹스도 음식 같은 것 몸 맛이라는 게 있다 반복해도 난해한 글처럼, 반복하고 반복해야 하는 음처럼 자꾸만 숨어드는 至極한 맛이 또 있다 애초에 되어야 하는 청음처럼, 의심하는 입맛처럼 장치를 넘어선 극미가 세상엔 있다 절망하게 만드는 맛이,

이를테면 이를 말이냐처럼

음식에도 귀 명창이 있다 귀가 먹는 맛이 있다 후각은 답이나 마비되고 시각은 속고 몸 맛은 길들여진다

세상엔, 귀 맛이라는 지극이 있다

몇백만 년의 시간이 들끓는다

끓는 물이 100도를 넘지 않는 것은 물의 저항 때문, 제 몸을 줄일망정 마지막 선을 지키기 때문, 사골이 100도를 넘는 것은 몇백만 년이 들어 들끓기 때문,

애벌 삶은 사골엔 풀빛 기름이 인다
노란 기름막이 육수를 덮는다, 뚜껑을 열어 둔다

끓는 사골 가마를 끄면 육수는 피부 호흡하듯 구멍이 포옥, 폭 터진다 등골 빼먹는다는 말을 덴 듯 실감시키는, 사골의 시간

뚜껑 열리네 이거, 알고 보면 제가 저를 쉬지 않게 조절한다는 말, 때로 삶은 김이 새야 되는 일도 있다

솥뚜껑을 열어 두어야 닫히는 몇백만 년이 있다 젖빛 육수,
그 시간은 느리게 식고 광속으로 끓는다

끓여, 뚜껑을 열어 두어야 한다

카, 톡 쏘는 레시피

어묵을 볶는데 새해 문자가 도착했다
끓여 기름기를 빼는 중이었다
깨와 소금을 섞으면 깨소금이라나
부드러워진 어묵을 찬물에 헹구었다
깨와 설탕을 섞으면?
물이 잘 빠지지 않아 채를 까불렀다
다만 녹아야 섞이는 게 있다
물엿이 그렇다
깨와 설탕을 섞으면 깨달음이라나
왜, 들러붙어 자학처럼 긁어대는 지점에서야
그 지경이어야 이것은 올까
어…묵!
기름을 두르고 육수를 넣어, 달랜다
부추는 색을 내고, 다만
다 된 어묵에 섞여 그 참에 익어
색을 낸다 다진 마늘은
어지러운 맛, 문자가 깨 쓰다
이것, 김을 빼야 한다

조리 후엔 팬이 더 문제
깨달음은 오지 않고, 다만
조미료는 종내 안 쓰겠다
다진 마늘 같은 다짐을 두었다
불리기 직전, 긁어 사전 작업을 했다
새해 문자엔 동영상까지 있었다
여기선 깨도 고명,

마늘 기름을 내면 좋다는 답신은
뒷날, 도착했다

손바닥 같은 꽃잎이

밥공기 뒤집는데, 당신 생각났습니다 쪽문

담배 참입니다 부끄럼이 얼굴 돌리듯 진 목련꽃 잎이 이내 흙빛입니다 목사리 한 저 개는 어디로 가고 싶은 걸까요 돌고 돕니다 그러니까 저 다져진 흙은 열망의 두께인 셈,

땅에 잡힌 개털 흔들리는 풍편에 당신 소식 있었습니다 이 봄 속엔 적이나 여름이 있고 주방은 계절을 앞서 갑니다 싱싱한 것들은 이내 썩고 나는 애초 말려야 한다는 것을, 통풍해야 한다는 것을 아는, 나는 다만 나를 말릴 수 있을 뿐입니다

물큰한 목련꽃 잎은 부삽이 묻은 손 무덤입니다 요리는 소리, 연통에 손 꺼풀 벗다 판나는 판에, 어떤 소식을 감지하고는 뒷다리를 세우고, 귀를 세우고, 맴돌다 선 저 눈의 개처럼, 이내, 쪽문을 향합니다 등짝의 털 날리는 풍편에 개가 반응하듯, 개구리 알 같은 밥알을 설거지하는, 내 등에 어떤 기미가 입니다

당신, 이 봄 한 상 받으세요. 목련꽃 잎이 내는 상입니다

바닷속에 떨어진 성기

소리와 헤어지고 화분을 샀다 홧김은 아니었다 화분
이 안 보였다 귓불에서 피가 흘렀다 구름이, 바람이…
등화관제의 하늘

투척된 돌멩이들, 몸에 쌓였다 홧김은 아니었는데, 부
걱부걱 주술사처럼 구름을 불렀다 깨진 유리가 건디다
건디다 쏟아지는 소리가 났다 화분이 손에 있었다 그빨
로 귀가 늘어났다 홧김은 아니었는데, 돌멩이 같은 소리
가 나와 참는데, 화분의 목을 쥐고 있었다

구름이 안 보였다 홧김이 아닌데 바람이 안 보였다
꽃, 귀가 땅에 끌렸다 신발 곁에 화분을 두고 저 黑海,
귓불을 손으로 저으며 가야 하는데 안 보였다 어떤 것이
안 보였다

귀를 갈래머리처럼 앞으로 모았다

덧방붙인 소리들은 어디로 가나

소리1 서서 오줌을 쏜다 변기에 빗각으로 부딪힌 소리가 흘러내려 간다

소리2 의자 자세, 이 소리를 덮어 쓰시겠습니까 변기 버튼이 엔터 된다 소용돌이가 직선의 가는 소리를 눌러 버린다 덧칠된 직선의 소리가 밀려 나온다 바탕색 같은 문 잠그는 소리가 있었고 지펴 내리는 소리가 있었다

액자 안에는 골판 박스 테이프 뜯고 접는 소리가 등고선처럼 올라왔다 검은 태양 환풍기 소리가 배경 중심에 떠 있다 오토바이 소리가 밖에서 액자 속으로 전깃줄처럼 들어왔다가 나갔다 자동차가 오토바이처럼 지나갔고 액자 밖에서 액자 안을 노크하는, 소리 들렸다 노크에, 중첩되었던 소리들이 교직되자 소리들의 관절이 엑스레이에 잡힌 뼈처럼 노출되었고, 흠실흠실 겹쳐 흐르던 소리들은 화산석처럼 굳었다

일시중지된 소리들이 체위반사, 엉덩이를 빼고 엉거주춤 이다

중첩된 시간은 고체가 되어간다

밥을 닮아가고 있는, 밥만 데우는 밥통

숨에서 김이 나오는, 국수를 먹는 긴 손가락들

24시 국수를 삶는 솥은 나문재 뻘밭 같다

어떤 다짐 같은, 사리를 풀어헤치는 첫술 풀리는 깨소금

육수만 내는 들통은 멸치가 되어 가고 있다

국수를 쥐는 손가락은 국수처럼 풀리다가 사리처럼
감아들기도 한다

행운목 뿌리 같은 개숫물망

솥 손잡이 朝光엔 김이 섞여 있고

국숫집엔 젓가락도 국수를 닮아간다 수저 쓰는 양손질

〈

국수 먹는 모습은 뒤에서 볼 때가 좋다

국숫집에 가는 사람들

혼자 먹어도 좋은 게 국수다

상심한 사람들은 국숫집에 간다 불려, 국수를 먹는다 울기를 국수처럼 운다 한 가닥 국수의 무게를 다 울어야 먹는 게 끝난다 사랑할 땐 국수가 불어터져도 상관없지만 이별할 땐 불려서 먹는다 국수 대접에 대고 제 얼굴을 보는, 조심히 들어 올려진 면발처럼 어깨가 흔들린다 목이 젓가락처럼 긴 사람들, 국수를 좋아한다 국수 같은 사랑을 한다 각각인 젓가락이 국수에 돌돌 말려 하나가 되듯 양념 국수를 마는 입들은 입맞춤을 닮았다 멸치국수를 먹다가 애인이 먹는 비빔국수를 매지매지 말기도 하고, 섞어서 먹는다 불거나 말거나 할 말은 사리처럼 길고 바라보는 눈길은 면발처럼 엉켜 있다 막 시작한 사랑은 방금 삶은 면과 같아서 가위를 대야 할 정도의 탄력을 갖는다 국수는 그래서 잔치국수다 (라면을 먹는 사람들도 있다)

사람들은 사랑이 곱빼기인 사람들은 국숫집에 간다 손가락이 젓가락처럼 긴 사람들,

국수는 젓가락을 내려놓았을 때서야 그 빈 그릇이 빛난다

물로 보다

물이 영어로 water? 오우 No, 물은 셀프!

밥때, 물 가져다 주다 판날 판에 누가 그런 기막힌 생각을 다 했을까요 물은 셀프 모셔다 먹어야 합니다 물은 셀프 스스로인 자를 돕는 원형입니다 물은 it-self, 모든 존재의 태초입니다 모서 받드는 게 당연지사, 당신은 다만 冷溫을 선택할 수 있을 뿐입니다 주입시켰을까요 정수한 것이지만 이것은 물입니다 못 박았을까요 날 물로 보는 거요? 오우 그야말로 대길인 일, 물 먹이는 놈이야말로 고마운 분이시죠!

잘리고도 칼날에 들러붙는 모든 야채는 물이죠 물 많은 놈들이죠 그들은 물의 근연종 제 말씀을 물로 들으시길 오우 물은 셀프라니까요 모든 맛의 원질, 콘크리트의 시초, 스스로인 완전체, 하늘조차 이루는 채움, 받아 모셔 마땅한 땅의 셀프랍니다 어느 놈,

이었을까요 물이 셀프란 걸 눈치 챈 그분은?

손이 된, 손이었다

쌀알을 손가락으로 살살 젓던 손이었다
쌀눈이 떨어질까 겁내던 손이었다
치대는 것의 의미를 알기까지
긴, 손가락이었다
쌀이 밥물을 빨아들여
스스로 불리는 그 시간
짧으나 긴 시간,
느끼는 손이었다
담근 쌀에 오른손을 얹어
비난수 하는 손이었다
세상을 모든 내를 덮는 쌀 익는 밥 내
그 김을 만질 수 있는 손이었다
굴뚝 연기가 하늘에 닿는 길을 열 듯
밥김으로 지붕을 얹고
연기에 나는 눈물조차 뜨물을 닮아가는,
쌀눈을
물의 손금을 닮아가는,

솥 같은 손이었다

것들, 지나가다

비 온 뒤끝, 꽃잎 떨어져
담쟁이에 장미꽃이 피었다
사진 한 장 못 박고 넘어갔다
단속 카메라 위에 얹힌 눈이 미끄러져 내리면서
렌즈를 덮고 있었다 휘인 눈은 아직도 미끄러지고 있다
키스 한번 못한 첫사랑이 여태
담장의 덩굴장미처럼 두근거리고 있다
쏟아지는 벚꽃잎 사이로 생의 빛깔의 혼돈이
우주선 올라가는 듯했다
사진 찍지 못했다 마지막 삽질을 할 때 꿩이 울었고
장화 흙을 털 때 꿩이 울어, 장화 코를 닦으며
공연히 사람을 기다리던 저녁이 있었다, 다
비껴가는 것은 아니어서
몸을 관통하는 바람의 촉도 있기는
있는 것이다
그 별이 늘 그 자리에 뜨듯
흐르나 정지된 것들 걸리는 것들
현상은 하지 못 하는 것들

촉이 새긴 것들이 있다 크헝크헝
꿩처럼 울면서 메주콩 같은 눈물을 흘리던,
가슴에 들어 관솔이 된,
현상불가의 것들도 있기는,
있는 것이다

욕으로 치자면

어떤 미친년이 저걸 애새끼라고 싸지르고는 고생했다고
미역국 처먹었겠지, 하던
무서웠던 욕이 있었다
바스러지나 물에선 살아나던 시래기가 있었다
된장에 무치면 그만인 시래기가 있었다
우거지라는 게 배추의 겉잎을 억지로 삶은 것이다만,
욕으로 치자면 이 거지 같은 놈아가 울린다
거친 겉잎을 된장에 사골에 삶아 흉내 낸 것이다만
국밥이란 말이 울리고
우거지란 말이 울려 이것은 맛을 낸다
땀내, 먹고 나면 미안하다
땀 훔치듯 고맙다
한 그릇을 다 비워야 하는 국,
국밥 같던 사람이 있었다
우, 거지 같은 놈아 소리 듣고 말았지만
그래서 고마웠다, 끝내
이어서 힘이 되는 이것
흉내도 고맙다 된장 아니면 안 되는 이것

뚝배기 아니면 안 되는 이것—

그 맛이, 그 말이 울린다
입천장 벗겨지게

제3부

풍경 4

돌무덤에는 청사들이 우글거렸다
찔레꽃이 껌딱지처럼 흔들거렸다 그랬다
미루나무가 검어진 여러 달토록
리어카 끌고 간 여인은 돌아오지 않았다
빨랫줄에는 국숫발이 흔들거렸고
우물 펌프는 쥐 소리를 냈다 그랬다
큰 남아가 계집애를 업고 미루나무를 바라보았다
찔레꽃을 내려다보고 있었다
판의 메밀묵은 손등처럼 터져 있었다
버력더미는 뱀들로 들썩거렸다
지구 팽이는 돌아도 제자리에서 돌았다
루핑 지붕에서는 초콜릿 같은 빗방울이 떨어졌다
그랬고 그랬다 그랬다
소문은 국숫발처럼 휘날렸고
쌓인 연탄은 젖어
무너졌고
미루나무는 달빛에
검었고

찔레순 같은 계집애는 등에서
뱀 울음 소리를 냈고
그랬다 思春期 이명,
기저귀 날리듯 국숫발 날리는
여인이 아직인,
맨대가리 기계충 같은,
찔레꽃 핀 날이었다

배를 치다

— 배(梨)의 살을 다 발라내고 더는 바를 게 없는, 남은 속을 배갈비라 한다.

살을 고명으로 발라내다 보면 갈비가 잡아당긴 힘이 보인다 당기면서 불린 힘 보인다 꼭지가 쥔 세월도 보인다 동/서/남/북 바르다 보면 흰 것이 갈색으로 가는 길 보인다

발라 놓은 배갈비를 들고 앞니로 갈씬거리다 보면 절로 호기심이 괸다 시방 손에 든 이 배에 쟁여진 달디 단 물관의 길이 보인다 맛의 구중심처는 이처럼 살이 겨우나 붙어 있어서 체면을 버려야 그 맛을 볼 수가 있다

배갈비를 들고 입술로 한참을 물다 보면 雙배 같은 가슴에 코 박고 있다는 사실에 놀라게 된다 체면 놓은 선비가 갓끈을 물고 뛰는, 그 전설에 이르게 된다

배나무 아래서는 배를 감싼 그 봉지를 들추고픈 충동이 인다 연애는 뽕나무가 아니라 배나무인 것만 같다 쥐눈 같은, 갈라진 배씨도 뭔 말을 전하는 듯 하다 갈비의 으뜸은 배갈비다 몰아 모든 갈비는 배갈비다 갈비는 체

면을 벗어던져야 맛의 진경에 이르게 된다

  잘린 배 씨는 번뜩번뜩, 배갈비 뜯느라 곁에 놓은 식도
는 배 물에 젖어 번질번질,

  살들은 가지런하다

걸어 다니는 사다리

수조에서 나와
뜰채에 놓인
오징어 세 마리
망을 빨판으로 붙잡는다
몸꼴을 들입다 부풀린다
부풀었다 꺼졌다 한다
꼬리가 삼각형으로 빳빳하다
눈은 커지지 않는다
서리태빛 몸통이 형광으로
닥시글닥시글 끓는다
빨판이 메두사처럼 솟구쳐
잡은 것을 놓지 않는다
물총을 쏘고 먹물을 뿜는다
정지문 여는 듯한 소리로 운다
걸리는 것마다 문다, 다만
그 이상이 없다
다급한 반복이 있을 뿐이다
저수지에 빠진 사람처럼,

먹물은 반복이 없다
잘린 다리가 과수원 사다리처럼 선다
서서, 돌아다닌다
잘려도 피가 안 나오는 오징어
먹물은 있다 때문에
비닐 앞치마를 입는다

빨판 다리는 먹지 않는다

윤관영 부르기 4
— 당백은 一人當百의 준말로 거수례 구호다.

호박오이, 호박가지, 호박고구마

그러니까 호박은 다 되는 절대 교배자

일인당백, 무한 빨판이다

해거리를 안 해도 병충해가 없는 수박은

호박에 접붙인 결과다 수박인 호박, 고래로

호박꽃에 코 박고 들어간 게 코끼리다

그래서 코가 늘어났다

그 귀는 호박의 유전자다

호박꽃을 우습게 보고 난장치다

빨려 들어간 게 나다 우수가 빨려들면서

이승을 향한 애원의 눈빛이 나의 좌경적 성향이 되었다

이마가 넓어지면서 눈썹이 순해졌다

초년운이 바뀌고 귀가 늘어났다 삼복염천에,

잎사귀가 늘어질망정 빈 줄기를 세우는 게 호박이다

그지없이 기고 타오르는 게 호박이다

제 몸으로 제 그늘을 만드는 호박

제 속에 저를 심는 호박

나는 호박관영, 절망할 때조차, 전진한다

밤에는 꽃을 닫는 호박, 줄기도 모르는 새 호박을 달고
지형에 상관없이 덮어 내달리는 게 호박이다
호박관영이다
시렁 위, 똥구멍 통풍되게 모서지는 부처 호박
소리는 늘어져 본 적 없는 잎에서 나는 것
끊길망정 놓지 않는 빨판
교배는 교배인 줄 모르게 진행된다
나는 나를 믿고 돌진 돌진 돌진
세파를 덮는, 호박관영

내가 나에게 거수례를 붙인다
다앙배액!

그리되어, 그 말의 전설

신랑은 점잖고 각시는 음전해서, 느티나무에 매달린 그네처럼 새침하게 바람만 맞을 뿐이어서, 오르려 하자 '지금, 뭐 하시는 거예요?' 놀라기에, 체면에 '저리로 넘어가는 중이오' 하고는 그네에 오르질 못하고 바람처럼 왔다 갈 뿐이어서, 느티나무가 그늘을 늘여 평상을 품고 그네를 매달 듯 신방에 든 신랑은 연신 저리로 넘어가는 중

이어서, 애시당초, 제 몸을 쪼갠 배추에겐 바람이 없고 단단한 무에 바람이 드는 법이어서

각시는 또 조신해서, 그네는 저 혼자 흔들릴 수 없어서, 마지못한 듯 저리로 넘어가는 중인 사내에게 '잠시 쉬었다 가시죠' 해서, 그네가 제 중심을 지구에 맞추듯 사내에게 맞추어서, 그네에 오른 사내는 힘차게 굴러서 연지빛 느티나무가 잎을 다 떨구어서, 그리

여왕께서 이르시길 거기 지명이 무엇이더냐, 여인의

그곳을 의미하지 않더냐 그러니 그곳은 죽어야 나오는
곳, 그러니 나오는 적병들을 그냥 잡으면
　되어서 가지를 뒤흔드는 그네바람 부는 겨울엔 나뭇
잎이 다 떨어진다는 전설이 생겼는데, 잠시 쉬었다 가시
죠? 바람이 여왕 전하는,⋯ 전설이어서, 이는

불알 내려다보기

불판에서 불꽃을 쏘는 뭉치는
종 불알을 닮았다 가스를 받아
위로 쏘면서 흘리는 기름과 넘친 음식물을
다 받는다 구멍이 막혀간다, 싶으면
이놈을 큰 불판의 불에다 굽는다
튀긴다 하얗게 변할 때까지 구워
찬물에 지지고 호스 물로 쏘아댄다
종 불알이야
칠 때마다 제 녹을 털지만
이놈은 때마다 이렇게 안 하면
불꽃은 흉내일 뿐 구멍이 막혀
검게 그을려 그을음 불꽃만 민다
한 차례 독하게 태워져야
쇠조차 하얘져야
불알은 말갛게 검어진다
불꽃은 그제야 맑게 파랗다

불같이 일어서도 머리를 떠날 수 없는 메두사의 머리

카락

기름기가 없는 불알,
간 보는 숟가락으로 쇠목탁 노크하면⋯⋯
배추처럼 피어오르는, 바람에 타종하다
산화하는 장다리꽃 내, 들린다
타고 난 쇠의 소름처럼

윤관영 부르기 3

— 파평 윤가는 치마 윤가로 불리기도 했다. 고 이기윤 시인이 귀띔해 주었다.

자목련이 자색 꽃을 피웠다 처처에 하는 짓하고는,
달래 자목련이나, 바다나 보면서
사진이나 찍어주는 운전수가 되고 싶었다
다 지나간 얘기,
화물차나 끌면서 쇠끝이나 골동 항아리나
모으는 고물 장수가 되고 싶었다
여어 이 늙아 소리 듣기 딱인, 그런 게 하고 싶었다
길게 화분을 늘어놓고는 분갈이 해 주는
전지가위가 되고 싶었다
어련 하시겠수,
여어 이 사람아 등골은 땀골인 겨,
꽃은 절로 피는 줄 아는 겨, 오늘껏
치마는 묻는 법이 없다
자목련이 헛바닥처럼 떨어진다
바둑판에 앉아 지는 해나 바라보았고
탐석꾼에 산꾼 다 돼 보고도
낚시터 관리인이 체질만 같다, 이즈막
휴게소 잡상인이 되어

기웃거리는 당신 당신을, 핸들커버에 씌워
바빌론 강가로 몰고 가는 게 꿈이다
묶인 염소가 원형탈모처럼 자리를 낸 그곳으로
꽃 피기 전 황사가 불고
뭔가 해 보겠다고 진지해도, 자목련은
흰 꽃을 매단다는 것이 불가능하다는 것을 안다
暫時 피하기 좋은 게 처마라면,
세상에는 치마 아닌 게 없다
―치마는 들추지 않고 들면 된다

자목련의 자색은 자동이니까

윤관영 부르기 2

사랑하기로 했다

김요일 출판기념회 가서, 2차 가던 중, 박후기가 관영보다는 관용이 낫다고 하자 부평동 498번지가 열렸다 김일의 박치기를 해설하던 맹관영 소리가 흑백으로 들리고 소년은 엎은 깔때기처럼 쌓인 쌀 앞에서 반 관짜리 국수를 사면서 목 매인 고양이를 보고 있었다 가닝아! -이 생활적, 사실적 변용- 가닝아! 노점 어머니의 사이렌 같은 소리, 벼슬 官에 길 永이 달려간다 벼슬은 무슨 벼슬, 청년은 제 이름자를 걷어찼다 법 憲과 클 太와 딸을 못 낳아 돌림자 永을 외자로 이름한 진부한 이름들은 말 들어 처먹지 않는 소대가리 같은 사내놈들이었다 벼슬은 무슨, 볼 觀자 거 괜찮은데, 버리려 해도 제 이름자는 방법이 없어서, 역시나 해몽, 시인도 벼슬이어서, 해몽 나름이어서, 진부는 무슨, 세상의 이모가 왜 이모인지 알게 해 준 간용도 좋고, 메일의 가농도 좋고, 過寧도 좋고 也獸도 좋다마는, 내 이름자 앞에 나무 한 그루(榙) 永永한 날 오리니, 하여

〈

내 이름을 사랑하기로 했다

어쩔 수 없는 끝, 내가 날 사랑하기로, 하여

후기한다

비껴, 빛나는 것들

사골을 일차 고아 겉물을 버리는 것을 뼈를 튀긴다고
한다
간은, 잡는 것을 넘어 때린다고 한다
면을 찬물에 던져 치대면 젖 겨드랑이를 만지는 듯하다
익히면서 젓는 것을 면을 몬다고 한다
모는 거 거 좋아 연신 몰다 보면
면 불어터지는 것도 잊고 면 따라다닐 수 있다
불어난 물이 첫 물꼬 트는 거 같다
세계전도처럼 떠오르는 면발들
냉면 내는 것을 짠다고 한다
(짜, 짜다니?)
사리를 친다고 한다
자꾸 신이 나, 면을 몰고
짜고 겨드랑이를 치대다가, 고명에서
사붓 시치미 뗀다
냉면을 꼬아 긴 동아줄을 만들어 번지점프 한번 해볼
까?
면처럼 가마 복판에 뛰어들까나?

날 튀기고 싶을 때가 있다

뜨거운 물의 고압 세척기에 그릇을 씻는 것을 튀긴다
고 한다

얼리기 전 조개를 살짝 삶는 것을 튀긴다고 한다

(바짝 구워달라는 주문이 꽤 되는 빈대떡) 일순

플래시처럼 터지고 마는 것들

월떡 날

튀기고 싶을 때가, 비껴, 있다

삽은 늘 서 있다

들어가 들어 올리는 은근함이 특징이지만
녹슨 날로 서 있기 일쑤인
삽에게도 울음이 있다
삽끼리 부딪쳐 콘크리트를 털어내는 소리와
흙 묻은 삽을 돌덩이에 쳐 내는 소리는 다르다
그 얇은 삽 속에는 꿩의 울음이 쟁여져 있다
골 깊은 문안골에 상수도 작업하러 갔을 때
인기척에 놀란 꿩이 날아올라
산 중턱에 가서야 내던 울음을 안다
꿩 때문에 놀란 몸을 추스르던 그 때서야
꿩도 울었던 것이다
삽날을 두드리는 일은 하늘에 대고
오늘 일 끝났다는 신고식 같은 거지만
삽 속에 꿩의 울음소리가 내장됐다는 것을 안 것은
매련 없이
혼자,
서 밤하늘 보기를 좋아한 이후의 일이다
〈

삽은 흙이 적이 묻어도 무장 무겁다
쪽삽 보다는 각삽의 울음통이 더 넓고 길다

마더마저 끌리는

엄니는 동치미를 뜬 새댁이 깰세라 깨우는, 세나 옥아
드는 소리 같고요 어무이는 이 빠진 늙은 아들이 부르는
눈꼬리 소리 같지요 어매는 '요'가 없으면 맛이 안 나지
요 노총각 아들이 지겟짐을 내려놓으며 부르는 소리 같
지요 파도 소리에 잘 들리지 않아 뒤끝을 높여서, 부드
럽게 끊어서 부르는 소리가 어멍이고요 어머이는 눈가
의 주름을 쓰다듬으며 울 때 부르는 소리 같지요 오마니
는 재롱부리는 듯 애교스럽고 어머이는 말보다는 표정
이 앞서고요 어무니는 니에 감정이 실리고 어미이는 당
신은 내 어머니요 하는 고백처럼 젖내가 다 나지요
  첫 휴가 나온 장병의 일성은 느낌표가 찍히는 엄마고
요 나이 들어 절로 바뀌는 호칭이 어머니지요 어머니이
~ 낮은 여운이 차마 긴 이름이지요

몸으로 배를 만들어

(여인은 장딴지腓腸를 쥐고 사내의 발등에 오줌을 누었다. 사내는 여인의 목덜미에 오줌 같은 눈물을 쏟았다.)

개불을 쥐자 오줌을 쏜다

배를 가르자 우럭이 오줌을 쏜다

칼을 대자 멍게가 젖꼭지 같은 그곳으로 오줌을 쏜다

물을 쏜다, 라고는 말할 수 없는

비장한, 최후의 힘

비늘을 긁고 배를 가르고 지느러미를 제거하고 칼집까지 넣은 우럭

몸을 써, 뜨거운 매운탕 냄비를 휘저어 놓고는 잠잠하다

사내의 앞치마가 벌겋게 뜨겁다

오줌을 쏘고도 쏘는 몸 오줌

죽음의 주재자에게 덤비는 한방

오줌 싸게 사랑했다 내생에서도……

긴 간 숟가락을 들고는 오줌 맛보는 사내

잘 먹고 뜨겁게 사랑하다 맵게

海水 같은 오줌 싸고 죽자

명부의 강도 간 본다 숟가락에 기름띠가 돈다

(매운, 탕 간을 방해한다. 칼집 따라 머리와 꼬리가 들
린 우럭은 눈 감을 줄 모른다. 옆으로 떠 간다.)

코가 없다

물고기는 유리를 모른다
수족관도 모르고 물 위도 모른다
육식동물의 코는 짧고 초식동물의 코는 길다
물고기는 온몸이 코다
가라앉거나 떠다니는 코들
광어 붕장어 우럭 민어 감성돔 줄돔 자리돔 쥐치 도다리
다들 코끝이 까졌다
전신으로 부드럽게 부딪쳐, 그렇다
다치는 줄 모르게 다들 다친다
낙지만이 유리에 붙는다 허공에 붙는 셈
죽을 때가 되면
탁구공처럼 머리가 부풀어 오른다
코들은 몸을 뒤집는다
오징어는 코를 내민다
비늘이 깔리고 유리에 이끼가 낀다
산소호흡기처럼 냉각팬이 구석에서 돌고,

코들은 유리를 모른다 코가 죄다 헐었다

어-디-머-엉-게-같-은-이-없-나-요

멍게는 자웅동체다
껍질은 단단하지만 속살은 연하다
젖꼭지 같지만 그곳은 입이자 항문
사람들은 그것 먼저 씹는다
그것을 먹어야 모두 먹는다 믿는다
멍게는 가지각색
젖빛부터 젖꼭지 빛까지 다 들어 있다
밑동이 환하다
살을 들어낼 땐 젖가슴을 만지는 듯하다
멍게 물은 지워지지 않는다
알게 모르게 들어, 들었는지도 모르게 한다
잘 죽고, 잘 쉬는 멍게
멍게가 수족관에서 숨 쉬고 있는 것을 보면
양 가슴에 달고 마구 달리고 싶어진다 묘하게
멍게를 먹는 이는 순하고, 탓하지 않고
해삼을 먹는 이는 따지고 잰다
산에 산삼 바다에 해삼 거리에 고삼?
멍게가 들어가 있는 수족관에 들어

그 옆에 붙어 같이 숨 쉬고 싶을 때가 있다
어디 멍게 같은 가슴 가진 이 없나
수족관 밖을 내다보고 싶을 때가 있다

홍부뎐

獅子吼 초식 하나로 상대의 칠공에서 피 흘리게 하는 고수가 있는가 하면, 붓 가리는 명필이 있는가 하면, 노소미추 가리지 않는 홍부가 살았는가 하면, 사람 농사를 우선 했는가 하면, 밭에는 안 가고 그 밭에만 갔는가 하면 그 일만 했는가 하면, 후배위 같은 자세로 밥 푸는 형수 뒤에 서서 허리를 굽실대며 저 홍분-데요 길고 나직하게 빼자 주걱이 날아와 다음 관문이 열렸는가 하면, 심후지경한 내공의 그가 태연자약, 밥풀을 떼며 저 지금 섰는데요 하자 자동문처럼 다음 관문이 열렸는가 하면, 홍분한 형수가 다시 반대편 뺨을 대각으로 좌수검 휘두르듯 내리치자 그래도 사정할 데라곤 형수밖에 없는데요 하는 이 한 초식으로, 마지막 관문을 통과해 대형의 반열에 올랐는가 하면 초지일색이었는가 하면,

어디서 박이 열리는지도 모르고 뻗어나가는 박 넝쿨처럼 사람 농사가 끝없었다는 얘기가 있었는가 하면, 주걱만 잡아도 애가 서는 경지였는가 하면, 박홍부라는 설이 있는가 하면 공전절후 전무후무—

그빨로 끓어오르다

飛騰 전의 절대 시간처럼, 끓어오른다 죽은 듯 서 있던 목련이 알탄 같은 꽃촉을 내밀며 끓어오른다 내부의 소용돌이 출구를 찾는다 싱크대 창으로 내다보던 사내 손톱이 피어난다 얼락배락 자위 끝 받아낸 정액 같은 세정제 눌린 방울 담긴 세월 뚫고 끓어오른다 마누라 보고는 죽은 목련 같던, 담긴 세재 같던 사내가 마누라의 속옷을 널면서 야릇하게 피어난다 브래지어망 스타킹망 網 網 레이스와 올의 망의 집 망은 지퍼가 생명 망으로 못 피었던 사내, 다짐처럼 접시를 손바닥으로 민다 옮겨 심은 목련이 비등점까지 민 세월과 처분만 바라던 세정제에게도 세월은 있었다고 거품이 인다 목련이 울컥 꽃숭어리 내밀 듯 참지 못 하는 입덧처럼 사내가 끓어오른다

탈색되는 옷은 함께 못 빤다고, 빨래는 개키기가 더 어렵다고 사내가 지짐지짐 피어난다

제4부

붉은 망사들

죽고 싶었겠지 뱀은 눈은 못 봤다

어쩌지 못하던 뱀은 꼬리부터 얼었을라나 눈은 못 봤다

불안에 떨었을 눈, 어몄을 비늘, 얼기 전까지 움직였
을 헛바닥

느닷없이 냉동실에 들어간 뱀 닳도록 밀었을 코는 못
봤다

언 후부턴 지금 모습 그대로였을, 눈은 못 봤다

독마저 얼어붙었나?

어디든 파고들 것 같은 똬리 몸체도 제대로 못 봤다

색깔도 자세도 냄새도 전처럼 후진으로 풀릴 것 같은,
〈

냉동실에서 꺼낸, 실감나는, 달아날 것만 같은 뱀

붉은 양파망 만지기는커녕 눈은 차마 못 봤다

외로움은 자꾸 과거로 간다

' l ' 첨가를 요구하는 저녁은 핵교 시절부터다
싸리나무로 송아지 코를 뚫고
소금을 퍼붓는 것을 본 때 부터다
코뚜레 무게로 아플까 봐 당기지 못하고
들고 댕기던 때부터 그 시절은 이어져 왔다
입 앞으로 벗겨져 내리는 코뚜레를
댕기지 못한 코뚜레를 뿔에 감싸서
쇠뿔을 쓰다듬던 저녁이 있었다
이모음역행동화의 저녁이다 쟁기를 끄는 소
소의 뒷덜미에 잡힌 멍에 꾸덕살을 쓰다듬는 저녁이다
소 눈은 충혈 되고, 만져줄 수 없는 아픔도 있고
소가 좋아하는 콩깍지를 멕이던,
그 저녁을 생각는 저녁이다
갈라진 가는 소 발목이 제 몸무게를 부려야 하듯
바람은 절절해 바램이 되고
창피는 숨지 못해 챙피가 된 어긋난 애비
(스스로 애비라 호명할 땐 왜 그리 비장해지는가)
어둡고, 길고, 추운

소의 콧김마저 분명한 저녁
소의 멍엣살을 주무르듯 내가 나를
쓰다듬어야 하는 저녁이다, 훗날 바람
바람이 먼 훗날 말하겠지
이모음역행동화의 옛날이 있었다고
언 강물 속 흐르는 물 같은 세월,
있었다고

나이들, 불 지피다

비아그라 한 알은 주머니에 있어야 든든하다는 나이
들이
 산불 진화에 모였다 동절기 일당 4만 원의 대기조
 난로에 둘러앉아 진화 대기했다
 마누라한테 그거 쓸 일 있냐는 대목에서
 나이들은 진화에 동참했다 말로 붙는
 말 흘레, 아껴 먹던 나이는 목이 뻣뻣해졌대나 어쨌대나
 모르고 빤 바지가 뻣뻣해졌대나 어쨌대나
 미꾸리 아닌, 언 양미리
 몸통보다 대가리가 더 작은 양미리
 침이 직방이야, 진화된 나이의 직접화법과
 개구리도 못 잡아먹게 한다고 투덜대는 간접화법이
 연탄불 붙이면서 산 불을 감시했다
 나이들은 젖은 낙엽에 불 놓듯 한 처방들을 내놓았다
 ─쏘면 1미터는 나가야 되는데
 ─여자 없이 스면 뭐하나?
 탄불에 양미리를 구워 소금을 찍으면서
 소주를 따르면서 양미리 같은 물건을

꿰미로 흔들었다 나이들은
묶인 가운데가 들어가 활처럼 휜
눌린 전립선 같은 양미리, 알 밴 걸 찾으면서
다 수컷은 소용없다고 석쇠를 털고
연탄은 구멍도 안 맞추고 갈았다
그래야, 아침까지 간다고 탄은
젖은 탄이 오래 가는 법이라고

칠월칠석

호박잎 쌈 싸먹으면
잉어 낚시 간다, 쩌
물기 손바닥에 묻는 호박잎 손에 얹으면
깊어져, 달라붙은 호박잎 떼어 밥을 싸는 일은
죄 같아 묽은 된장을 찍는다
호박잎 먹고는 푸른 똥 싸고 피의 일부는
강물을 닮아가겠지 우기와 건기를 다 기어온
이파리가 몸인 이것
손바닥 같은 호박잎을 손에 얹으면
안지 못한 손
일 안한 손, 호박잎 물든
손금까지 전수 보인다
삶은 호박잎 보면, 삶은 뭉친 잎처럼 깊어져
생모래 먹었다 뱉는 그 끊어지는,
물속에서 폐음절 울음 들리는, 잉어 보러
강변에 나간다 노는 잉어처럼
강에 박힌 밤하늘이
저냥 보인다

쉰 살

나무야, 쉴 줄 아니? 쉴 때가 있냐구?

옥수수를 좋아한다 노놔 먹기 좋고 떼어 먹기 좋고 수다 떨기도 좋다 잘깃한 이것을 앞니로 물면 젖꼭지를 문 듯하다 어머니는 먹는 모습을 좋아하신다 가지는 쪄서 무친 것을 좋아한다 손가락으로 막 찢어 양념에 무쳐 손가락으로 집어 놓은 것, 가지 귀신이라도 씌웠나 싶다 양배추 쌈은 손가락 새로 물이 줄줄 흘러도 좋다 전수 물맛이다 새끼 감자 양념장에 먹으면 그만이다 먹먹한 맛, 바로 호박잎 쌈 맛이다 어슷 썬 약 오른 고추가 들어간 묽은 된장이 없으면 꽝이다 다 어머니가 계셔서 누리는 호사,

나무야, 이들은 다 잘 쉰다 우리도 쉬자 밥 먹자

自畵像

안다 다소 비겁하다는 거
엎어 버리고 싶은 군대였지만 눌러 앉힐까 봐
고분고분했다 다소가 아니다
투사인 양 살다가
애저녁에 산골로 도망 왔다, 와서는
(사는 건 뒷전이고) 허무를 이기려 발버둥이다
비굴까진 가지 말아야 하는데
이기적으로 변했다 종종
밤에는 혼자 投網, 던지러 간다
(망은 흐르는 수면을 오린다)
별은 멀어 바위에 누워 길게 보아도 멀고 멀어
별빛 비치는 개울에 나 간다 별빛처럼 파닥이는
피라미를 보면서 비겁하게 배를 딴다
(허무를 들어 올린 투망은 처박는다)
밤 산이 무섭고 밤의 바람 그늘이 무섭다
고요가 무섭고 새벽 일이 무섭다
비겁하게 책 속으로, 인터넷 속으로 도망간다
고요는 거울 같아서 비겁도

비굴까지도 낱낱하다
달아나서는 못 이기는 고요, 이길 수 없는 고요
비겁은 무서운 착한 마음이다
허무는 이겨도 허무하다 온이로 이기적이어야
거울에 얼굴을 들이댈 수 있다, 고기야말로
제 무게에 맞는 부레를 가졌다

가늠하다

장에 가신 어머니가
이천 원밖에 안 하는 호미 하나 고르기를
한나절이시다 보도블록을 긁으면서
실지 호미를 쓰는 것맨치로
가늠하고 계시는 중이다
지나가던 할머니 한 분이 거드신다
─호맹이는 매간지가 짧아야 혀 무지근해야 혀
눈짐작으로 지나가다 가늠하시는 거다
손잡이가 갈라져 이내 못 쓰게 될 호미
중국산이 분명하다 의심 두는데
어머니는 구부러진 정도와 무게와
손에 오는 느낌을 가늠하시느라
밭고랑에 앉으신 것처럼 종내
못 일어나고 계신다

이럴 때, 나는 창피를 핑계 삼아 서둘러서는 안 된다는
것 정도는 알고 웃을 줄 아는 내가 되었다

不二門

어머니가 집게로 집어

빨랫줄에 넌

거름 빛, 빨간 半고무綿掌匣

바람의 엉덩이에 찍는 저 붉은 낙인

고무가 닳은 손끝

마디가 접힌 고스란한 고무 손가락

빨간 손바닥에 흰 손금

그 손금을 손에 쥐고는

나, 그 밑을 지나

……세상에 나왔다

윤관영 부르기

— 90년 중반 민족문학작가회의 회원이 되었을 때 기이하게 내 이름을 기억하고 살갑게 불러 준 이가 현기영 선생이었다. 신출내기인 나를 기억하고 이름 불러주는 소설가 선생, 미스테리였다. 선생의 소설 「소드방놀이」에서 윤관영은 죽어 마땅한 놈이었다.

가닝아! 가닝아!

파동 없이 직방으로

어린 내 귀에 꽂히던 어머니 소리

물속에서 숨을 참듯 사레들린 몸의 지점에는

날 부르는 소리가 있다

간용아, 니가 엄만테 잘해야 되야 막내이모 소리

여, 이놈아! 그저 안타까운 아버지 소리

요사이 내 호칭을 잊은 어머니 소리

시멘트 육백 포 내리러 가는 트레일러 속에서 들었다

넘으 돈 묵기가 그리 만만한 줄 아러

가닝이 말고 큰아가 이제사 알아먹은 말

… 낯 뜨거운 윤 시인님

'어이, 논술'에 이어

칼잡이가 되었다 내가 날 검색하면

윤관,만 쳐도 '영정'과 '장군묘'가 달라붙고

윤관영,을 쳐도 '정'이 달라붙는 나

나는 둔해 터져 숨 못 쉬는

죽을 지경이 되어야만

날 부르는 여타 소리를 듣는다
그제야 그 장면이 들린다

어떤 때는 내가 날 불러 본다(싱겁게)
여어, 이 놈아(어떤 땐
낯 뜨겁게도 잘 들린다)

함석꽃 피어나는

차 백미러에 앉아
꽁지를 내렸다 올렸다

새 한 마리, 느리게
올렸다 내렸다

한다

꽉 찬 심장을 식히는 숨이
저 꽁지에 있다

추녀에 못 박는 사다리 위
담배 참

맨드라미 씨 절로 떨어지는
어머니의 집

갈피없이 까매서

작은 새

꽁지까지 까매서
눈동자가 더 까만 새

한 상 받다

밥은 얻어먹을 때 맛이 깊다 김은 밥을 쌀 때 바스러
지는 맛에 맛나고 이름마저 칼칼한 깻잎은 잎맥이 밥을
싼 여문 모과 빛에 맛나고 콩장은 이에 찡기는 맛에, 두
부는 숟갈로 끊는 맛에 맛나고 모양도 감사납고 맛도 쓴
고들빼기는 순전히 이름 맛에, 총각김치는 앞니에 끊어
지는 맛에 맛이 깊다 뚜껑을 덮는 밑반찬에 먹는 밥은
얻어먹을 때 비로소 모양도 맛이 된다 공기밥, 얻어먹을
땐 이름까지도 맛이 된다 청국장은 황금빛 국에 콩알 맛
에 숟갈 가고 달걀은 후라이가 좋고 계란은 찜이 좋다
맛이라면야 얻어먹을 땐 라면도 좋지만 어머니의 배춧
국이야말로 숟갈 쉽게 좋은 일품요리
　다들 아는 당연한 맛이 볼수록 깊어진다 씹을수록 구
뜰하다 받아든 한 상이

빗속에는 다소의 알코올이 섞여 있어

비 오면 술 생각나고
반찬 보고 술 생각나면
알코올 중독이라는 얘기,
인정해야겠다
마루에 앉아 비를 보노라면, 하필
전깃줄에 앉아 홀로 비 맞는 새를 보노라면
비가 굴피를 적셔 타넘는다 싶으면
그냥은 견디지 못 한다 군내를 끌어안은 김치처럼
비가 적신 영혼은 술 아니면 데워지지 않는다
무슨 별난 안주를 즐겨서도 아니다
배 나온, 퉁퉁한 몸매가 불만이지만
비 오는데 술 모르는 시인이긴 싫다
찬이야말로 안주인 것을 모르는 시인이긴 싫다
雨氣가 마른 마루에 스미듯, 오는 비는
늑골을 적셔 영혼을 침전시킨다
비 보기를 좋아하고
짬뽕 국물만 봐도 소주 생각하는,
다소 대책 없는 중독 시인, 있다

고요 속에 잘 증류되는

몸에 술 담그는 과일주 같은 술병 시인, 있다

술의 시간을 혈액에 넣는 시간,

배수진 치다

거미줄 쳤다
실물 크기 여인 나신상
처녀임이 분명한 몸매의 나신 석고상
하필 그곳에 거미는 거미줄을 쳤다
생체가 아닌 석고가 사람의 눈길을 끌듯
거미도 그 무엇에 끌린 것인지
소득과는 무관할 법한 그곳,
내려다보이는 거미줄
돌하르방 코 쓰다듬듯 쓸어줄 수가 없다
꽃도, 구멍도, 습기마저 없는 그곳
전혀 소득이 없다면 거미줄도 없긴 할 텐데
거미는 거기에 진 쳤다, 그곳에
곰팡이가 피어서
외통길이라서
힘준 발가락이 있다, 정지된 정지
생체가 있다

머리채에 손가락을 묻은 귀에도

거미줄
거미는 아니 뵌다

정물 2

노인회장 경운기 소리에 하루가 묻어 있다
그 소리에 우물가, 분꽃도 잎사귀 늘어뜨린다

장화 흙 터는 소리,
발등에 붓는 우물물처럼 차지다

점심 참 썼던 숫돌 말라 가는 소리
호두나무 씌운 함석 식어 가는 소리

고요해서 죄스런 다 저녁 무렵
무리 별꽃이 퍼진다

호두 눈의 필리핀 새댁 머릿수건으로 몸을 털면
분꽃이 쥐똥 씨를 쥐고 흔들린다

정물 3

　마주앉아 차 한잔하면 좋을 곳에 캐시밀론 이불을 널어 두었습니다. 새물새물, 담궈 둔 세제에서 터지는 방울처럼 당신이 피었다 집니다. 코앞의 복사꽃이 젖꼭판처럼 붉습니다. 꽃구경은 왜 꽃 소식 오고 질 때서야 후회로 나서게 되는지 모를 일입니다.

　복사꽃 피고, 사리처럼 말려 굳은 수액 - 눈물도 진하면 그러려나 싶은 게 또 눈물입니다. 발로 밟고, 돌확에 얹어 물 빼, 식탁에 올려 의자에 걸쳐진 이불에 복숭아꽃 그늘이 얹힙니다. 지는 해가 만든 꽃그늘은 이불이 말라서도 표식 없는 흔적이 되지 않을까 싶습니다. 다시 찻물을 붓습니다. 편도선이 부었습니다.

　이불 홑청이 덩달아 수직으로 밝습니다. 琥珀같은 눈물을 매단 복숭아는 왜 또 쉬이 무르는 걸까요. 긴 시간, 풀을 먹이고 다림질을 하는 마음을 알 듯한 서녁 볕입니다. 물잠자리 날개 같은 홑청, 이불을 터니 꽃그늘이 어두워 환합니다. 목젖이 부어, 봄 진동입니다. 자, 꽃 지기 전에 ……

윤관영, 시

이준규 시인

시시한 얘기만 하고 싶다. 아마 그렇게 될 것이다. 시에 대해서 무슨 말을 할 수 있을까. 어떤 시가 좋으면, 그 시가 왜 좋은지 말할 수 있을까? 그렇게 말할 수 있는 시가 과연 좋은 시일까? 나는 시에 대해서 말한다는 것은 시를 핑계 삼아 자신의 생각을 말하는 것으로 생각한다. 그러니까 시에 대해서 어떤 말을 해도 그 시를 말하는 것은 아닐 거라는 말이다. 내 생각은 그렇다. 그러니 시시한 얘기를 하고 간단하게 시 얘기를 하는 것으로 이 글을 써보려고 한다.

윤관영 형을 처음 만났을 때를 떠올려본다. 여의도중학교 운동장. 글발축구단의 경기가 있던 날. 멋쟁이라는 느낌을 받았다. 운동복 차림이지만 누구보다 깨끗했고 손에 들고 있던 축구화 가방도 남달랐다. 그 가방에는 축구화를 두 켤레 넣을 수 있었는데, 그런 가방은 선수들이나 사용하는 것이었다. 나는 미소 지었는데, 축구를 잘할 것 같지 않았기 때문이다. 보통 체형을 보면 축구 실력을 짐작할 수 있다. 또 머리는 꼬불꼬불한 파마머리였다. 예상대로 형은 축구를 잘하지 못했다. 하지만 누구보다 열심히 했다. 때론 지나치게 열심히 해서 경기 중에 정신을 놓는 듯한 느낌을 받을 때가 있었다. 요령이 없었다. 체력이 떨어졌는데도 계속 열심히 뛰면 판단력을 잃게 된다. 그 모습은 조금 슬프기까지 하다. 처음 한 생각, 저 실력에 축구가 뭐 그렇게 좋을까. 몇 년 전 얘기다. 관영이 형은 이제 꽤 늘었다. 이제는 빈 공간으로 패스를 받기 위해 이동할 줄도 알고 급하게 공을 처리하지 않고 우리 선수의 위치를 확인하고 패스하기도 한다. 이런 게 말처럼 쉬운 게 아니다. 그는 비록 축구를 늦게 시작했지만, 꾸준히 조금씩 발전했다. 그는 글발축구단의 뚜렷한 주전 수비수다. 축구팀 회식 자리에서 대화를 나누었을 것이다. 어떤 대화를 나누었는지는 기억나지 않는다.

어느 날, 형에게서 전화가 왔다. 술 사주겠다고 했다. 서교호텔 옆의 횟집에서 만났다. 광명수산인가. 아무튼 무슨 수산이었다. 형과 나의 지난 삶은 판이하다. 공통점이 없는 건 아니지만 가장 큰 차이는 나는 평생 아무 직업도 가지지 않았다는 것이고 형은 어릴 때부터 계속 닥치는 대로 일했다는 것. 그런 다른 점은 결정적인 것이어서, 보통 친해지지 않는다. 하지만 형은 나의 그런 점에 흥미를 느꼈다고 했다. 어떤 호기심이 아니다. 일하지 않고 버틴다는 게 어떤 일인지 상상하기 힘들다는 것이다. 보통은 안 좋게 보는 일을 좋게 봐준 셈이다. 나는 그런 형이 고마웠다. 사실 일 없이 사는 건 힘들다. 형의 옷차림은 이날도 깨끗했다. 휴일의 부자 같다고나 할까. 나는 형에게서 어떤 자존심을 느낀 것 같다. 촌스럽기도 하지만 싫지 않은. 형이 옷을 못 입는 건 전혀 아니다. 오해 없기를 바란다. 이날 회에 술을 마시고 장소를 옮겨 곱창에 술을 마셨다. 나는 이가 좋지 않아 잘 먹지 못했다. 형은 곱창을 좋아하는 것 같다. 며칠 전에도 곱창을 사주었으니 말이다. 당시 형은 국숫집에서 국수 삶는 일을 하고 있었다. 곧 아들과 국숫집을 열 것이라고 했다. 형은 전에 냉면집에서 일한 적도 있다고 했다. 형의 직업 편력이야 첫 시집 뒤의 자술 약력에 자세하다. 독자들은 꼭 읽어보길 바란다.

　다른 날. 술에 취해 형이 일하던 가게 앞을 지나갔다. 마침 형이 가게 앞에 나와 있었던가, 아니면 내가 인사나 하고 가려고 가게 안으로 들어갔던가. 형은 앉으라고 하며 국수 먹고 가라고 했다. 나는 취해 있었고 국수를 먹고 싶지 않았다. 나는 국수를 맛있게 먹었고 차비까지 받아 어디론가 갔다. 바로 집으로 간 것 같지는 않다. 특별한 이유 없이 잘해주는 형에게 깊은 고마움을 느꼈다.

　그 후론 한 달에 한 번 축구장에서 만났다. 회식 자리에서 술잔을 주고받았을 것이다. 특별히 더 친해지지는 않았다. 몇 년이 지나고 나는 망원동으로 이사했다. 윤관영 시인이 사는 동네. 그가 아들 민주와 부자부대찌개를 하는 동네로 이사 온 것이다. 나는 형과 조금씩 더 친해지기 시작한다.

　나는 이제 종종 부자부대찌개에 들른다. 산책하는 길에 들러 물을 마시거나 믹스 커피를 마시고 담배 하나 피우고 올 때도 있다. 형은 내게 이것저것 주기도 한다. 동태, 감, 올갱이국, 누룽지, 돌. 돌은 수석을 말한다. 형의 취미는 다양하다. 내가 아는 것만도 바둑, 낚시, 수석, 서예, 볼링, 당구, 통기타 등이다. 형의 글씨는 '부대찌개 재떨이', '육수', '월요일은 쉽니다', '라면 사리 무한 리필' 등에서 확인할 수 있다. 글씨가 점잖다. 가게는 내가 합정동으로 갈 때 타는 마을버스가 지나가는 길가에 있다. 그러니까 외출을 할 때마다 나는 형의 가게를 보게 된다는 말이다. 전엔 형이 자는 모습을 자주 봤다. 아들 민주 혼자 기타를 치고 있는 모습을 보기도 했다. 이젠 바쁘다. 시인이 정성껏 차리는 음식이니 맛이 없을 수도 없을 것이다. 저녁에 들르면 형은 매우 반갑게 나를 맞는다. 내 얼굴에 술이라고 쓰여있다는 듯이 반가워한다. 나는 조금 걱정이다. 형은 나처럼 과음하는 스타일은 아니지만 매일 마시는 것 같다. 형은 늘 웃는 얼굴이지만 주방의 답답함을 견디는 일이 쉽지는 않을 것이다. 나는 그런 형을 본다. 자주 뒷

모습을 본다. 음식을 만드는 고개 숙인 뒷모습. 가게의 주방에는 쪽문이 있고 그 쪽문으로 나가면 차양이 쳐진 공간에 플라스틱 테이블이 두 개 있다. 나는 그 자리를 좋아한다. 말하자면 부자 부대찌개의 특실이다. 나는 그곳을 지금 '가닝 테라스'라고 이름한다. (가닝은 형의 어머니가 관형이 형을 부르는 소리) 그래, 어느 날, 가닝 테라스에서 가닝 형을 때때로 보면서 오래 술을 마신 일이 있었다. 슬픈 날이었고 갈 곳은 없었다. 나는 그곳에서 마음을 다스릴 수 있었다. 나에게 이런 장소가 있다는 것은 무척 좋은 일이다. 가끔 친구들과 함께 가고 싶은 장소가 되었다. 가닝 테라스에 함께 앉았던 사람들의 이름을 써본다. 재미로. 김요일, 함기석, 김태용, 박장호, 박지혜, 송승언, 박지웅… 그곳이 시인들이 찾는 명소가 되기를 바란다.

오월의 햇볕이 무척 따갑다. 오월의 폭염이다. 불볕더위다. 개울에서 천렵하고 술 몇 잔 하고 숲 그늘에 누워 졸고 싶다. 텃밭의 고추, 호박, 가지, 방울토마토가 꽃을 피운다. 감나무도 꽃을 피웠다. 윤관영의 시고를 읽다 집 밖으로 나가 담배를 피운다. 담배를 피우며 텃밭의 꽃들과 나비, 벌, 파리를 본다. 오늘은 직박구리도 본다. 어제는 감나무 그늘에서 자고 있던 고양이를 보기도 했다. 이런 풍경, 도시 속의 이런 풍경을 보면 관영이 형이 생각난다. 나도 사투리로 가닝 형, 하고 불러보고 싶다. 반말로 가닝아, 하고 불러도 형은 웃을 것이다. 형을 생각하면 웃는 얼굴

부터 떠오른다. 시고를 읽으며, 시를 분석하려는 마음을 버리고 그의 얼굴을 떠올린다. 그의 웃음을. 당장 형의 가게로 가 한잔하고 싶다. 이틀 전도 오늘과 같았다. 발문을 쓰기로 하고 계속 미루다가 이틀 전에야 시작했는데 뭘 어떻게 써야 할지 답답하기만 할 뿐이었다. 그래서 망원동 월드컵 시장의 순댓국집 황금옥에서 만났다. 형은 아들 민주와 순댓국을 먹고 있었다. 식탁 위에는 반쯤 마신 소주병도 있었다. 나는 내가 형을 너무 건성으로 사귄 것 같다고 말했다. 형을 더 알아야겠다고 했다. 민주는 웃으며 나도 모르는 아버지를 어찌 아저씨가 알 수 있겠냐고 했다. 맞는 말이었다. 누가 누구를 알 수 있겠는가. 민주는 밥을 다 먹고 자전거를 타고 갔다. 나는 형과 술을 마시며 이것저것 물었다. 첫 시집 약력에 형의 과거는 비교적 자세히 드러나 있다. 나는 그 약력을 다시 읽고 몇 가지 궁금한 것을 물었다. 대부분 슬픈 이야기였고 그 슬픔은 좋은 안주가 되었다. 나는 이미 취하기 시작했다. 그러고 형의 시에 대한 내 생각도 말했다. 아쉬운 점도 말했다. 형은 그런 점도 발문에 모두 쓰라고 했다. 나는 그럴 생각은 없다. 나는 좋은 점도 다 말할 수 없다. 아내와 동네 후배들을 불러 더 마셨다. 이제 시 얘기를 해보자.

2

자세한 분석은 하고 싶지 않다. 하지만 어떤 대강은 말하고 싶다. 다른 섬세한 감상은 독자들의 것이다. 윤관영의 시는 크게 두 곳에서 발생한다. 한 곳은 시골, 한 곳은 주방. 시골은 고향이자 과거이며 가끔 들르는 곳이다. 주방은 현재다. 시골과 주방은 때론 묘하게, 또는 당연하게 겹치기도 한다. 어쩌면 늘 겹치고 있을 것이다. 사람은 과거를 버리지 못한다. 형은 내게 자신은 '망각의 기술자'라고 했다. 자신이 과거를 잊지 않는다면 버티지 못했을 것이라는 말로 나는 받아들인다. 하지만 윤관영의 시에 과거는 도처에 있다. 시골과 주방에서 발생하는 시편들은 모두 땀과 관련이 있지만 미묘하게 드러내는 것이 다르다. 시골 시는 어떤 원시성이 느껴지고 주방 시는 주로 깨달음과 관계한다. 시골에서의 일과 주방에서의 일은 다르다. 어디에 있거나 시인은 시를 생각한다. 가끔 첫사랑 생각도 하고 여자 생각도 하는 것 같지만 그건 드문 일이다. 주방시의 아름다운 깨달음을 보자. 나는 왜 이 문장들을 아름다운 깨달음이라고 할까. 이 문장들은 시인의 깨달음이 없어도 그 자체로 아름답기 때문이다. 시인이 어떤 과정을 거쳐 이것을 깨달음의 내용이라고 제시했건, 나는 그의 아름다운 문장에 이미 내재하는 깨달음의 씨앗을 느낀다.

"애벌 삶은 시골엔 풀빛 기름이 인다" 이 문장에는 특별한 전언이 없다. 나는 시골 삶는 것을 보지는 못했지만 정말로 그 빛은 풀빛일 것이다. 이 풀빛은 무언가를 생각하게 한다. 이 생각이 진화하여 "때로 삶은 김이 새야 되는 일도 있다"라는 깨달음이 발생한다. 나는 앞의 문장이 더 좋다. 풀빛의 깨달음이 있다고 상상할 수 있기 때문이다. 그 상상은 얼마나 큰가. 얼마나 막연해서 벅찬가. 계속 윤관영의 문장을 가져와보자. "무맛을 아는 나이가 있다" 이것은 좋지만 평범하다. 그런데 몇 줄 지나, "무청이 시래기가 되는 그 자리", "무 속 같은 몸이고픈 저물녘이 있었다" 같은 문장은 흔히 하는 말로 울림이 크다. 윤관영만 쓸 수 있는 문장이 아닐까. 또 많다. "밥 풀 때만큼은 착해지는 손이 있다" 정말 그렇다. "급소가 없는 물이지만" 도대체 시인은 무슨 생각을 하는 것일까. 물에서 급소를 생각하다니. "쇠죽 냄새가 나는 그것을, 들쩍지근한 배춧잎 삶은 물을/ 산삼 우린 물인 양 들이켜고 싶었다/ 이즈막 사람 새끼가 된 것도 같고/ 우거지 맘이라는 걸 알 듯도 싶고" 이런 문장이 주는 힘 뺀 힘, 어떤 한참 운 사내에게 남은 것 같은 힘의 그림자 같은 것에 나는 감동할 수밖에 없다. 이럴 때 윤관영은 참 멋지다. 착한 웃음 뒤에 숨은 무엇. 계속 찾아보자. "냉동엔 두 번이 없다", "음식은 죽음을 가린 화장술이다" 이상한 문장도 있다. "손은 손을 먹는다" 뭘까. 궁금하다. 어쨌든 문장 자체로 무언가를 생각하게 한다. 묘한 문장이다. "손 같은 손이었다" 쌀 씻는 손을 이렇게 썼다. 이것은 아마 어머니의 손일 것이다. 그것은 손이다. 진짜 손이다. "바스러지나 물에서 살아나던 시래기가 있었다" 이럴 때, 시인은 시래기와 사랑하고 있는 듯. "솥 손잡이 朝光엔 김이 섞이고" 내가 가장 놀란 문장이다. 감각적으로도, 정신적으로도. 이 시간은 얼마나 깊을까. 얼마나 아쉬울까. 이럴 때 윤관영은, 모든 것을 깨달은 자일 것이다. 찰나일 뿐이지만, 윤관영은 이렇게 자신의 길을 열어가고 있다. 반복적으로, 가만히.

　이제 그의 시골 시들을 보자. 고향 시라고 해도 좋을 것이다. 과거가 많다. "삽은 흙이 적이 묻어도 무장 무겁다/쪽 삽 보다는 각삽이 울음통이 더 넓고 길다" 깨달음의 품이 삽 같다. 농담이 아니라 정말 그렇다. 나처럼 일 근처에도 가보지 않은 자의 눈에 이런 문장은 경이다. "새끼 감자 양념장에 먹으면 그만이다 먹먹한 맛, 바로 호박잎 쌈 맛이다 어슷 썬 약 오른 고추가 들어간 묽은 된장이 없으면 꽝이다 다 어머니가 계셔서 누리는 호사,// 나무야, 이들은 다 잘 쉰다 우리도 쉬자 밥 먹자" 할 말 없다. 시원하다. 슬프기도 하다. 왜 슬플까. 고향, 어머니 그런 것은 슬픈가. 격식 없는 건강함, 그런 것은 슬픈 것인가. "우물 펌프는 쥐 소리를 냈다" 얼마나 자세한가. 얼마나 확연한가. 그 펌프가, 그 소리가 다 환하다. "쌓인 연탄은 젖어 무너졌고 (…) 찔레순 같은 계집애는 등에서 뱀 울음소리를 냈고" 처연하다. 뭉클하다. 그러니까 슬프다. 하지만 이 아름다움은 무엇인가. 우리는 슬픔을 시로 바꾸는

자들이다. "빨간 손바닥에 흰 손금/ 그 손금을 손에 쥐고/ 나, 그 밑을 지나/ …… 세상에 나왔다" 이 문장들은 어떤 가. 입을 다물게 하는 슬픔이다. 역시 할 말 없다. 하지만 묘하게 아름다운 문장이다. "바람이 먼 훗날 말하겠지/ 이 모음역행동화의 옛날이 있었다고/ 언 강물 속 흐르는 물 같은 세월, 있었다고" 이모음역행동화는 학교를 핵교로 발음하는 것을 말한다. 이 시의 제목은 '외로움은 자꾸 과 거로 간다'. "할머니 가신 후, 손바닥으로 도마를 쓸었다/ 모 심은 논에서 알발을 옮기는 것처럼" 설명이 필요 없다. 맨발이라고 하지 않고 알발이라고 한 건 참 그럴듯하다. "(…) 종종/ 밤에는 혼자 投網, 던지러 간다/ (망은 흐르는 수면을 오린다)/ (…) 밤 산이 무섭고 밤의 바람 그늘이 무섭다/ 고요가 무섭고 새벽 일이 무섭다/ (…) 비겁은 무서 운 착한 마음이다" 투망이 수면을 오린다, 그리고 비겁은 착한 마음이다. 착한 관영이 형…

지금 나는 형의 주방을 떠올리고 있다. 그리고 주방의 쪽문도 떠올린다. 그 쪽문으로 들어가 형, 하고 부르고 싶 다. 웃어주겠지. 어, 준규 왔어, 해주겠지. 형이 이 글도 좋 아했으면 좋겠다. 지금 부자부대찌개로 가서 술 마실까. 마시며 이 엉터리 글을 용서해달라고 할까. 아무튼 갑자 기 형이 많이 보고 싶다. 형, 형은 주방의 도인이에요. 멋 쟁이 시인이지요. 이 시 좋아요. 절창, 입니다. 다음 시집 기대할게요. 축하합니다.

손바닥 같은 꽃잎이

밥공기 뒤집는데, 당신 생각났습니다 쪽문

담배 참입니다 부끄럼이 얼굴 돌리듯 진 목련꽃 잎
이 이내 흙빛입니다 목사리 한 저 개는 어디로 가고
싶은 걸까요 돌고 돕니다 그러니까 저 다져진 흙은
열망의 두께인 셈,

땅에 잡힌 개털 흔들리는 풍편에 당신 소식 있었습
니다 이 봄 속엔 적이나 여름이 있고 주방은 계절을
앞서 갑니다 싱싱한 것들은 이내 썩고 나는 애초 말
려야 한다는 것을, 통풍해야 한다는 것을 아는, 나는
다만 나를 말릴 수 있을 뿐입니다

물큰한 목련꽃 잎은 부삽이 묻은 손무덤입니다 요
리는 소리, 연통에 손 꺼풀 벗기다 판나는 판에, 어떤
소식을 감지하고는 뒷다리를 세우고, 귀를 세우고,
맴돌다 선 저 눈의 개처럼, 이내, 쪽문을 향합니다 등
짝의 털 날리는 풍편에 개가 반응하듯, 개구리 알 같
은 밥알을 설거지하는, 내 등에 어떤 기미가 입니다

당신, 이 봄 한 상 받으세요. 목련꽃 잎이 내는 상입
니다